Für Renate

AF139085

Zwischen wahnsinnigen Welten
blüht die Blume der Kindheit

Hans Drawe

Seelengesichter

Texte und Bilder

Bibliografische Information der Deutschen Nationalbibliothek
Die Deutsche Nationalbibliothek verzeichnet diese
Publikation in der Deutschen Nationalbibliografie; detaillierte
bibliografische Daten sind im Internet über http://dnb.dnb.de
abrufbar.

© 2014 Hans Drawe, Potsdam 2014-09-24
Layout und Titel: Hans Drawe
Satz, Umschlaggestaltung, Herstellung und Verlag:
BoD – Books on Demand
ISBN 978-3-7357-5195-9

Inhalt

Der Lyriker als Seiltänzer

I

Stimmungen

November

Wenn die Cafés den Blues singen.
Wenn die Blätter der Bäume ihre Masken abstreifen
und sich nach den Würmern sehnen.
Wenn der Himmel fahl wird
wie der Bauch des Molches.
Wenn wir uns weigern,
den Träumen Futter zu geben,
so dass sie wie tote Schwalben in den Teich unserer
Schwermut fallen.
Der November kennt das Geheimnis der Stille,
das zwischen Regenschauern schläft.
Der Winter lauert im Rucksack auf seine Befreiung.
Unter den Steinen herrscht die Angst vor dem Frost.
Das Futter schiebt den Vögeln einen Riegel vor.
Warte nur balde....

Mutlos

Die Seele wie ein schwerer Sack
in der Brust.
Das Herz weiß nicht mehr,
was Liebe ist.
Jalousien vor den Augen.
Die Hände liegen wie Särge im Schoß.
Der Pharmakologe wird zum Gott der Verheißung.
Ein Pillchen am Abend, erquickend und labend.
Die Sehnsucht ist eine Ziehharmonika
mit stummen Tasten.
Ich schleiche durch die Finsternis meiner Seele
und lausche dem Echo meiner schwarzen Gedanken,
die auf den Hügeln der Erkenntnis verkümmern.
Seit kurzem versuche ich,
mich wie Münchhausen
an den Haaren aus dem Sumpf zu ziehen
und traktiere die Hoffnung mit der Peitsche.

Cappuccino

Der Milchschaum erinnert mich
an die proustsche Madeleine.
Die Madeleine an Michelle,
die Geige spielte auf meinen
verspielten Gedanken.
Oh, wie grün war damals das Gras,
wie grün,
unsagbar grün
und der Himmel
so blau,
so blau,
als sich unsere Seelen,
Viola und Flöte,
mit dem Duft des Grases
vereinten.
Als der Himmel sich lüstern die Zunge leckte,
und die Forelle mit schubertscher Raffinesse
die Reinheit des Flusses
besang.
Oh, wie dein Rock sich blähte
im Wind;
ein Segel,
das mich selige Strände ahnen ließ,
die ich nie erreichte.
Die Einfalt spielte Schach mit mir.

Und plötzlich warst du fort,
auf einer Kumuluswolke
fort geflogen
in die Arme
des Rattenfängers,
der so meisterhaft
die Flöte zu spielen verstand.

Der Asra

Der Asra stirbt nicht,
wenn er liebt.
Er ist ein starker junger Mann,
in dessen Adern
die Liebe das Blut peitscht.
Er lacht sich schief
über den romantischen Unsinn,
dass er stürbe, wenn er liebe.

Die alte Straßenbahn

singt mir jeden Morgen
meine Tagesmelodie.
Ich trage meine lyrischen Ergüsse
huckepack im Rucksack
verschnürt.
Ich lausche dem Kurvencrescendo.
In meinem Kopf brütet
das Gedicht von gestern
fleißig vor sich hin.
Noch ist das Ei nicht heraus.
Die Worte setzen mich unter Druck.
Leider vermag ich nicht,
sie in Kolibris zu verwandeln.
Die alte Straßenbahn schaukelt und singt
ihr Lied von Alter und Tod.
Schon seit Jahren singt sie diese
traurige Weise,
die sie von ihrer Mutter gelernt hat.
Die morgentauverwöhnte Sonne
dagegen
will nichts davon wissen.
Sie badet im Himmelblau
und hätschelt ihre heißen Gefühle;
genießt ihre Einsamkeit
wie ich
in der alten Straßenbahn.

Der Spaziergang

In den Fenstern schlafen die Lichter.
Auf den grauen Kirchenstufen
hüllt ein Penner die Nacht in seinen Schlafsack
und liebäugelt mit den Sternen.
Nachrichten aus aller Welt simsen durchs All.
Die Glotzen reißen ihr Maul auf.
Nur ich führe meine Worte an der Leine Gassi.
Lausche dem Gesang der Ratten
in den Abwasserkanälen
und wünsche mir,
die Laternen zum Tanzen
zu bringen.
Aber alles bleibt wie es ist.
Die Taifune wüten woanders.

Hecht auf Fang

Der Fluss

schwarz in der Frühe des Abends.
Weit entfernt die Lichter der Menschen,
die von seiner Kraft, seiner malerischen Schönheit
und seinem Fischreichtum zehren.
Die Küsse der Liebenden haben sich im Gesträuch
der Weiden
versteckt.
Nur der Biber weiß, wo sie zu finden sind.
Die Ölspur eines Schubladers
wird von den Fischen
als Killer erkannt
und führt zu geräuschloser Flucht.
Der Angler hat seine Angel
auf dem Markt der Illusionen
versteigert.
Fern die Lichter
gaukeln dir eine Heimat vor.
Aber eines Tages ist der Blutzoll fällig.
Eines Tages werden sich die Fische
mit giftigen Pfeilen bewaffnen
und an Land schwimmen.
Eines Tages wird der Fluss über die Ufer treten
und die Schublader erwürgen.
Eines Tages wird uns das Staunen
im Hals stecken bleiben,
wenn die Fische zu reden beginnen.

Ein schweigender Himmel

hoch, weiß, von seltsamer Klarheit
und Stille.
Gleich einer Bachschen Fuge,
nur eben still.
Selbst die Tannen am Berghang
haben das Atmen vergessen.
Das Reh fühlt sich ausgestopft,
so still ist es.
Der Regenbogen schläft noch
hinter den Sternen,
die auch noch nicht erwacht sind.
Der schweigende Himmel
zelebriert die Messe vor dem Sturm,
eine weiße Wolke als Mitra.
Noch genießen wir das Schauspiel
und pflegen die Einfalt unserer Herzen.

Nacht

Jetzt schimmern die Stacheln des Igels silbern.
Die Iltisse lauern auf Beute.
Die Lichtinseln der Stadt sind ohne Arg.
Selbst die Bomben schlafen,
die sich wie Maulwürfe in der Erde vergraben haben.
Der Spiegel reflektiert den Sternenhimmel
und reckt sich eitel
auf dem Schoss der jungen Frau,
die ohne die Hand des Liebhabers auf dem Schenkel
die Stille der Nacht fürchtet.
Das Herunterlassen der Jalousie
vor dem einsamen Café
erschreckt den vor sich hin dösenden Bürgersteig.
Der Juwelier schließt seine Blutdiamanten
in den Safe.
Entfernt schleichen Wölfe,
die genau wissen, worauf es ankommt.
Auch die Eulen und Fledermäuse.

II

Alltägliche Enttäuschungen

Tröstungen

Ich lechze nach Lügen.
Die Lüge
schenkt mir goldene Äpfel;
ist positive Verneinung
oder bewusste Irreführung.
Denkt nur an den Selbstbetrug.
Denkt an die Mythen.
Die Lüge als Notarztwagen -
Hoffnung auf eine paradiesische Zukunft,
auf den Himmel
nach dem Tod.
Die Lüge als Hypothese
zur Erkenntniserweiterung
oder als Seelenpanzer.

Vor dem Spiegel

schreibt sich das Gesicht
in eine andere Materie.
Die Kälte der Anschauung
wird zur Fremdheit
für das Kokon-Ich.
Schrunden der Besonnenheit,
des Verzichts.
Rostige Nägel des Vergessens
in den Augenwinkeln.
Kopien anderer Gesichter
eingefleischt.
Die Augen erloschene Vulkane.
In der Tiefe
noch immer
das eulenhafte Glühen.
Die Rätsel der Kindheit
eingebrannt in die Lippen.

Mein anderes Ich

Seelengesicht mit blauem Ohr

Meine Seelenblätter

Meine Seelenblätter sind
farbig geworden.
Der Ischiasnerv
hat mich gefällt.
Durch das Fenster
beobachte ich
den Flug der Vögel
in den Süden,
die letzte seidige Himmelsbläue,
die farbigen Blätter
an den Bäumen,
bevor der Schnee fällt.

Wurzellos

Wurzellos treib ich dahin,
seit ich verloren
die Hand meines Vaters.
Wurzellos treib ich dahin
auf der Suche nach Utopia.
Auf der Suche nach Reinheit.
Die Illusionen zerbarsten
an kahlen grauen Mauern
und verbluteten am Stacheldraht.
Wurzellos treib ich dahin.
Utopia, Utopia!
Wurzellos treib ich dahin.
Kann nicht mehr finden
Wort noch Sinn.

C

Das C ist die Materie der Helle,
des Lichts,
das mein Gehirn stimmt
wie der Virtuose
seine geliebte Guarneri.
Ich balanciere das C
über die Abgründe meiner Gehirnhälften,
bis es dopamingesättigt ist.
Ich lege ihm
das Halsband meines Eigensinns an
und überstehe das Donnerwetter
über der Müllhalde
Alltag.

III

Abstruses

Manchmal ist die Zeit

Manchmal ist die Zeit
ein silberner Funke
in der Unendlichkeit
des Belanglosen.
Manchmal scheint sie ein Rehbock
auf den Hörnern zu
jonglieren
ohne das Wachstum
des Samenkorns zu kennen.
Manchmal ringelt sie sich
wie eine Blindschleiche
durch brennende Blätter,
die Inferno flüstern.
Mitunter ist sie aber auch
ein Glöckchen,
das die Sternstunden einläutet.
Oder eine Schnecke
mit schleimiger Spur,
die taub ist für den Ruf
des Kuckucks,
der die Pfennige des Schicksals
zählt.
Dann wieder ist sie meine dicke Geliebte,
die sich im Bett räkelt
bis die Sprungfedern
Lieder von Liebe und Glück
intonieren.

Abstruses

Der Kasper hat das Rotkäppchen verspeist.
Endlich.
Die Wölfe heulen Rache.
Unter den Brücken lauert der Massenmörder.
Containerschiffe rammen Gedichte.
An einem blauen Lichtstreif hangelt sich Mephisto
gen Himmel und erteilt Gretchen Schauspielunterricht.
In den Ameisenschulen wird endlich sprechen gelernt.
Der Ameisenbär leckt sich die Lippen.
Die Veilchen spucken Tod in die liebliche Wiese.
Die Schneeeulen häuten Flöhe und haben
den Grill angeworfen.
Die Trommel erschlägt den Trommler.

Surfender Pelikan

Das Vogelhäuschen

wartet noch auf seine Bewohner;
die Singstimmen,
die sich am Einflugloch wetzen.
Die Träumerei als Vogelgesang.
Die Noten durch die Evolution
in die Kehle geätzt.
Die Jungen
wie die wenigen Haare auf der Glatze
gehätschelt.
Der Morgen erwacht
wie das Brot,
das den Ofen verlässt,
um den hungrigen Magen
zu vergolden.
Ich habe dieses Vogelhäuschen
aus meinem Herzen gesägt.
Mein Herzblut fließt
in die Natur.
Im Osten geht die Sonne auf
und schält das Vogelhäuschen
aus dem Schatten der Äste
als Verlockung
für solide Verhältnisse.

Wer jetzt kein Haus hat…

Das weiße Segel

weit draußen
auf dem Meer,
fast außer Sicht.
Nur Wille und Element.
Irgendein fernes Ziel
gedanklich fixierter Sehnsucht.
Die Suche nach einem
winzigen Splitter Glück?
Das Segel schwimmt in der Bläue
trotz des aufkommenden Sturms.
Flieh, kleines Segel!
Flieh in das Herz eines Fisches.
Ängstige dich nicht vor Verwandlung.
List ist klüger als Kampf.

IV

Autobiografisches

Wunsch

Als Kind wollte ich ein Heiliger werden.
Pfarrer Gruber legte mir oft die Hand auf den Kopf
oder tätschelte meine Wangen.
Ich kniete vor der Muttergottes
und bat sie, mich zu erhören:
„Bitte lass mich ein Heiliger werden."
Ich beichtete jeden Sonnabend.
Empfing jeden Sonntag die Kommunion.
Wollte rein sein von Sünde
und rein bleiben.
Ich las den Katechismus.
In der Schule begann ich mich abzusondern.
Ein Heiliger ist einsam,
lebt in Höhlen
und dient nur Gott.
So wollte ich werden –
einsam Gott dienend.
Bis ich erkannte,
dass mein Egoismus
dafür nicht ausreichend war.
Einsam nur für Gott in einer Höhle
zu leben,
dafür war ich dann doch nicht geschaffen.
Der Wunsch,
ein Heiliger zu werden,
zerbarst an Magdalenas Blick.

Alptraum eines Kindes

Der Militärmantel

des Vaters.
Ein stummer Zeuge des Krieges
lümmelt auf dem Sofa.
In die Tür des Schlafzimmers
ist das Siegel
VERBOT
eingebrannt.
Die Mutter eine Wolke *Chanel* No. 5. -
Yuppie dubidu -
ist in eine andere Hemisphäre
geflogen.
Die Vögel zwitschern lieblich,
als sich der kleine Mann
im Militärmantel verkriecht
und an Toten schnuppert.
Am Kragen befindet sich ein Nest
aus Heidekraut und fremden Damenschlüpfern.
Die Spur des Pulverdampfs
führt in gebrandschatzte Häuser
zu den von Angst Gekreuzigten.
Eau de Cologne hat sich in den Schützengräben
in den Dreck geworfen und schreit nach Vergeltung.
Der Wein rieselt in die Donnerbalken
nächtlicher Verzweiflung
bei Kanonendonner.
Der Militärmantel des Vaters -
eine Landkarte des Leids.

Jugend

Die Suche nach dem Geheimnis des Geschlechts
im Schlick der Gefühle.
Die Gedanken wie Pfauenaugen,
bunt durch die Bläue taumelnd.
Der Körper eine einzige Feuchte.
Die Seele eine offene Wunde.
Der Tod lauert weitab in den Sümpfen.
Die Sterne sind zum Greifen nah.
Rinnsale des Mutes erschüttern das Gehirn.
Die Hoffnung schwingt die Fahne
und erstirbt im Kampf
unter der Pranke des Alltags.

Der Vater

Der fremde Mann ist mein Vater.
Sein Mantel riecht nach Tod.
Seine Schuhe
sind mehrere Schritte
zu weit gegangen.
Er ist jetzt der Kapitän
auf unserem Familienschiff.
Er badet in einem
Holzzuber.
Ich betrachte seine weiße
malträtierte Haut,
die den Fichtengeruch
anderer Länder
verströmt.
Das Vaterland
ist eine abgegriffene Münze.
Das Bett ist geschändet.
Ein Fremder
liegt im Bett meiner Mutter.
Ein Fremder
sitzt am Tisch
und isst.
Ich verkrieche mich im Wald
und laure
auf meine Chance.
Ich will nichts wissen
von diesem Mann.

Sein Todesgeruch
hat mein Kinderherz
in einen eisernen Ring gepresst.
Mir sitzt die Ratte Angst
in der Brust.
Ich laufe durch den Schnee.
Irgendwo
deckt er das Blut
der vielen Toten
zu.

Das Foto

Dieser kleine Mann
mit dem Holzschiff
bin ich
auf dem Foto.
Ich lache.
Weiß nicht um die Gefahr
meines Vaters
im Krieg.
Weiß nichts
von den vielen Tausenden,
die an diesem Tag sterben.
Ich starre
auf das kleine Zipfelchen
zwischen meinen Beinen.
Den Lebensspender,
Lebensbejaher,
so klein,
so zart.
Habe ich gefragt:
Wo ist denn Papa, Mama?
Und was mag meine Mutter
geantwortet haben?
Im Krieg?
Und was ist Krieg, Mama?
Das verstehst du noch nicht.
Und wann kommt Papa
wieder?
Bald.

Ich starre auf das Foto.
Die Zeit hat die Ränder
vergilbt.
Wer mochte es geknipst haben?
Ein friedlicher Augenblick
eingefroren
in kriegerischen Zeiten.
Hinter mir das Schwimmbad.
Offenbar habe ich
Schwimmen gelernt.
Schwimmen.
Gelernt, mich über Wasser
zu halten.
Überlebenstraining.
Während der Vater
im Krieg
geduckt im Schützengraben
ängstlich sein Leben schützt
und andere tötet.

Flucht 1945

Unbewusst der Gefahr.
Unbewusst der Zukunft.
Nur DASEIN
im Bombenhagel
am Rockzipfel der Mutter.
Oder:
Auf dem Leiterwagen sitzend
mit wenigen Habseligkeiten
zwischen all den
Verlorenen und Hoffnungslosen,
die vorbeiziehen
mit wackligen Knien
und zerbombten Augen
an den Kruzifixen,
die an Wegkreuzen
lauern.
Schutz
die Hand der Mutter.
Heimat ist Haut.
Rundum Schweiß, Tränen, Dreck.
Aber all das unbewusst
und ungefiltert
im kindlichen Bewusstsein.
Ruhig sein, ducken,
Verstellung bis in den After.
Der König der Läuse schwingt
sein Zepter.

Regen peitscht
Verzweiflung in die Herzen
auf der Flucht
in die fremde Heimat.

Das Lager

Die neue Heimat.
Stacheldraht
umzieht das Barackenareal.
Ein Wall gegen Andersdenkende.
Ein Zimmer.
Sechs Personen.
Toilette auf dem Hof.
Hier hat General Todt
mit seinen Mannen gehaust.
Spießrutenlauf
zwischen Gamsbart und Lederhose
sonntags beim Kirchgang.
Jeder Schritt
ein vorsichtiges Tasten
auf heimatlich fremdem Terrain.
Ausgebombt.
Vertrieben.
Deutsch.
Seit Generationen in einem anderen Land.
Und nun: fremde Heimat.
Die Berge wachsen himmelan
und verdecken
die andere Welt.
Eingepfercht
in einen Trichter aus Stein.
Steinerne Herzen.
Steinerne Blicke.
Ich liege im Gras.

Rieche an den Himmelsschlüsselchen
und sehne mich nach
dem Holzelefanten,
mit dem jetzt ein Kind
aus der anderen Heimat
spielt.
Es wird schon werden,
sagt meine Mutter
und streicht mir tröstend
über den Kopf.

Larry

Ersatzvater.
Im weißen Buick
und blauer Fliegeruniform.
Die Doppellaufflinte
im Kofferraum.
An Neujahr
schoss er damit in den Himmel.
Wabbliges Doppelkinn
und Wangen wie gut abgehangener Schinken.
Whiskytrinker und Kaugummiverteiler.
Der Sieger.
Immer tiptop und gut riechend.
Zigarre im Mund.
Meine erste Begegnung mit Amerika.
Meine erste Begegnung mit der Jagd.
Die Flinte fixiert die Ente.
Schuss.
Und abends gab es Entenbraten.
Larry klopfte meinem zerlumpten
aus dem Krieg heimkehrenden
Vater
auf die Schulter.
Hi, Hans.
Nice to meet you.
Der einstige Feind ein Freund.
Shake hands.
Danach war Larry der Freund
meiner Tante,
und ich hasste meinen Vater.

Inge Malisch

Schnipp, schnipp, schipp.
Die Schere schnippelt über meinen Kopf.
Herr Malisch,
schwarze Locken,
Menjoubärtchen,
klein, drahtig,
Taubenzüchter,
reißt Witzchen.
Ich gehe jede Woche zum Friseur.
Ich habe das Geld
aus der Kasse
meiner Eltern
gestohlen.
Inge schneidet.
Inge föhnt.
Inge wäscht.
Inge ist blond, schlank und vollbusig.
Wie kommt sie nur zu so einem Vater?
fragen sich viele.
Ihr Blick treibt mein Blut
in den Irrsinn.
Ich lechze nach ihrem Blick
auf der Bank
vor dem Friseurladen.
Ich hasse die Männer,
die sonntags mit ihr
in der Beitzschen Kneipe tanzen.
Inge schenkt mir Eis.

Sie öffnet ihre Bluse
einen Spalt breit.
Ich schwitze.
Inge schiebt mir ihre Zigarette
in den Mund:
„Zieh mal."
Der Rauch explodiert
in meinem Körper.
Ich bin nur noch Sklave.
Inge liebt den schönen Benny,
meinen Cousin.
Wenn ich ihr sage,
was er so treibt,
darf ich ihre Brüste streicheln. -
Ich erfinde wilde Geschichten
und werde belohnt.

Katholischer Bazillus

Gift des Glaubens

Ich habe die Dornenkrone des Glaubens getragen.
Das Blut der Sünde lief mir über Stirn und Nacken.
Ich beugte mein Knie vor der Hostie.
Ich gestand meine Sünden.
Ich betete zehn Vater unser.
Ich erniedrigte mich vor dem Schöpfer,
bis ich mich nicht mehr erkannte.
Das Gift des Glaubens zersetzte meine Seele.
Ich lebte den Egoismus lustvoller Erniedrigung.

In den schattigen Nischen des Beichtstuhls
erteilte Gottvater mir Absolution.
In meinem Nacken die Knute
von Hostie und Gebot.
Ich saß auf blutigem Opferstuhl.
Ich trug das besudelte Büßerhemd des Außenseiters.
Im Herzen die Schlange Verrat.
Vom Gift der Selbstsucht infiziert.

Der Schuhladen

Geruch nach Leder und Schuhcreme.
Die Schuhe liebevoll in behelfsmäßigen Regalen
präsentiert.
So, jetzt geht's aufwärts,
sagte der Vater
und rieb sich die Hände,
die fünf Jahre lang
im Schützengraben
ein Gewehr gehalten hatten.
Ich erinnere mich an sein zerschlissenes,
mit Schnur umwickeltes Schuhwerk,
als er –
ein Geschlagener –
aus dem Krieg nach Hause kam.
Jetzt streicht er zärtlich
über das feine Leder
hochhackiger Pumps.
Neben der Eingangstür der Baracke
hat Prohaska,
der Kunstmaler –
Spezialität: röhrende Hirsche,
einen Mann mit
gelben Schuhen
gemalt.
Über dem Kopf
schwebt auf einem Wimpel
die Aufschrift
Nigrin ist die Beste.

Die sonnigen Nachmittage
verbringt man
an rundem Tisch
skatspielend
vor dem Laden
in Erwartung von Kunden.
Tabakhändler Teurer
mit schlohweißem Kaiser-Wilhelm-Bart
Slogan:
Eine gute Zigarre
ist wie gut gevögelt
und der kindergelähmte
Walluscheck –
Schreibwaren –
mit seiner resoluten Vally,
die ihn einmal
in der Woche mit
Dr. Lotschmann
betrügt,
der hin und wieder kiebitzt.
Teurers Tochter,
die bucklige Paula,
sitzt in einem Korbsessel
und liest
Verlorene Illusionen.
Hoffnungen schlingern im Bewusstsein.
Wechsel wechseln den Besitzer.
Der Geruch des Leders wird schal.
Im Lager trägt man Schuhe
länger als erwartet.
Die Armen erweichen das Herz

meiner Mutter.
Rabatte rechnen sich auf Dauer
nicht.
Der Pleitegeier streicht mit seinem Flügel
über den Dachfirst.
Heute noch auf stolzen Rossen,
morgen durch die Brust geschossen.
Die bucklige Paula stirbt an
Tuberkulose,
Teurer an Herzinfarkt.
Dr. Lotschmann
stibitzt Walluscheck die Vally.
Der runde Tisch ist verwaist.
Die Schuhe purzeln aus den Regalen.
Der Himmel hat eine bleierne Farbe.
Die Gläubiger blasen
zum großen Halali.
Jetzt bleibt nur noch
die Flucht.
Einige Paar Schuhe
im Kofferraum als letzte Habe.
Weit weg.
In den Norden.
Über dunkle Straßen
in die andere Republik
und in ein anderes Leben,
wo uns das Glück lachen soll.

Altersbefindlichkeit

Ich schreibe.
Und zwischen den Zeilen
bricht der Tod
sein Brot.
Noch trage ich kein Gebiss.
Doch die Stechkarte Leben
wird jeden Tag
aufs Neue
gelocht.
Vor dem Fenster
weht ein Leichentuch
im warmen Sommerwind
gediegen ins Blau.

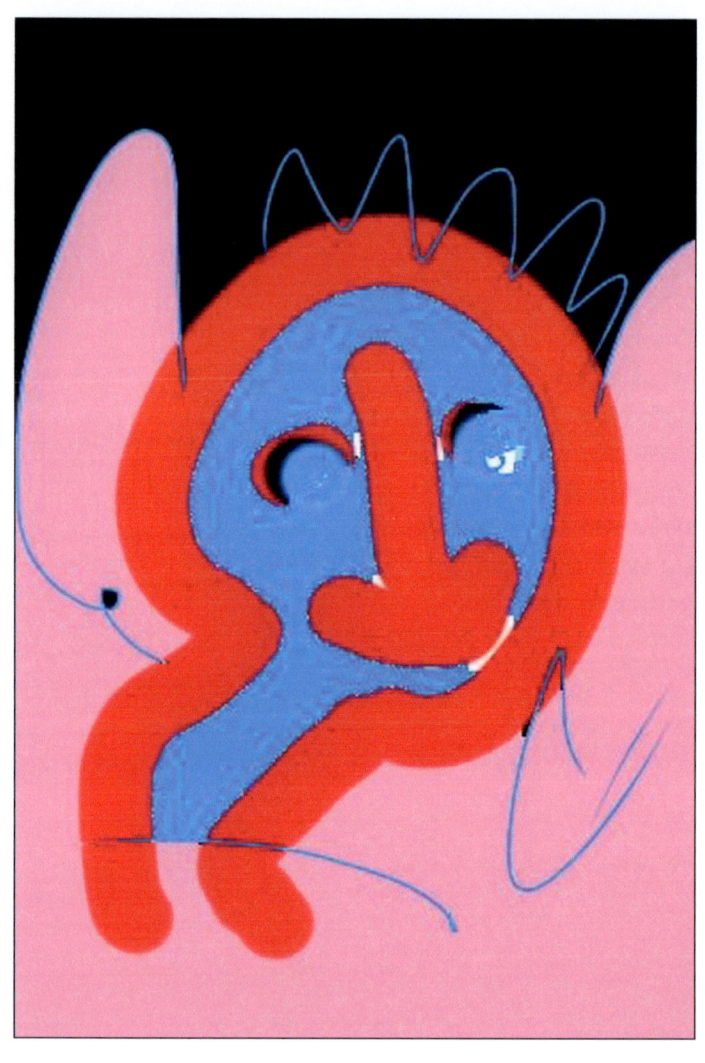

Seelengesicht getarnt als Es

Bestandsaufnahme

in Memoriam Günter Eich

Ein Schrank.
Vier Stühle.
Ein Couchtisch.
Ein Küchentisch.
Zwei Sofas.
Ein Fernseher.
Ein Videogerät.
Ein Computer.
Mehrere CDs (Klassik).
Ein Kühlschrank.
Mikrowelle.
Drei Jacketts.
Hosen, Schuhe, drei Mäntel.
Unterwäsche zum Wechseln.
Eine welk gewordene Liebe.
Ein paar Frauenleiber
für hastig gehechelte Lust -
die Gesichter vom Zeittakt
zerhackt.
Mehrere Kilobyte Wort
auf der Festplatte
abrufbar
druckbar
die Schweißspur
vom Druckkopf
getilgt.
Erinnerungskapital.

Am 31. 7. 42, 2 Uhr mittags,
von der Mutter
abgenabelt
und in dieses Leben geworfen.

V

Kunst und Schreiben

Die Kunst der Anderen

Das Objekt eines Anderen,
das eine Brücke zu meinem Ich schlägt.

Kunst als Provokanz zu meinem Ich –
als das Andere, das Fremde.

Kunst, die mir das Rätsel meines Ichs löst,
mich aufbricht,
erschüttert,
zum Widerspruch reizt,
mich ausgrenzt,
versöhnt oder verlacht.

Fremd

Mein Denken zum Schweigen bringen
um mich vor mir selbst zu retten.
Bin mir fremd in mir.
Ich – diese Mixtur aus Biologie und Gedanken.
Die Gedanken sind die Wurzeln der Entfremdung.
Sie stechen und töten.
Nichts ist planbar.
Das Ich schon gar nicht.
Im Schweigen rette ich mich vor den Anderen.
Ich gehe zum Fluss
und sehe
wie die Sonne versinkt.

Worte I

Die Worte als Spiegel der Seele
oder Komposition meines Ichs,
als Grenzerfahrung,
als die Mauer zum Anderen,
als Schützengraben für die Verarbeitung
der eigenen Unzulänglichkeit,
als Orientierungssegel
durch die philosophischen Systeme.

Die Worte als Rettungsanker im Meer der Seichtheit,
als Gedankensymphonien,
als Liebeslockstoff ähnlich Moschus.

Das sind die Wort des Mahners,
Klagenden,
Verräters,
Heilsbringers.

Die nicht gesprochenen Worte,
die im Kopf gefangen ihr Dasein fristen.

Die Worte der Verfolgten.
Die Worte, die zur Heimat werden,
als Bausteine für erdachtes Leben.
Die Worte als Segnung meiner selbst.

Die Lügenworte, die zum Schutzpatron werden
als Narrenkappe, Tarnkappe.
Die Worte als Insel
oder Fluchtpunkt,
als Erkenntnisfackel, als Totem, als Droge,
als Demagogenkanone.

Die Worte als Freiheitsfackel,
als Unterscheidungs- und Erkennungsmarke,
als Rettungsanker im verschimmelten Alltag.

Worte II

Heute ist das Wort
zu einer abgenutzten Münze vekommen.
TV ist die Bank, die den Wert taxiert.
Der Moderator ein Springbrunnen von Wortkaskaden.
Die Goldschätze der Philosophen liegen vermüllt
unter den täglichen Schlagzeilen.
Die Worte sind billig geworden wie aufbackbare
Brötchen.
Oder aufgetakelte Prostituierte.
Wortjongleure in den Talkshows, im Bankgeschäft,
Gesundheitswesen.
Das Wort als Ruinverlockung.
Als Fallenspeck
für renditehungrige Sonntagsjäger,
die sich einen mit Wortsalat angerichteten Braten
nicht entgehen lassen wollen.
Die Worte sind zu Viren geworden.
Infizieren die Gewinnhungrigen,
für die Poesie ein wegschleckbares Eis ist.
Das rechte Wort zur rechten Zeit
als Kapitalanlage.
Denkt auch an die versklavten Geheimdienstworte.
Die Kommandoworte, die das Elend produzieren.
Die Machtworte, die selbst tote Pilze erwecken.
Oder an die, die Euch mit den Worten des Heils
in die Grotte der Unmündigkeit
zu verführen versuchen.
Die Euch bei Kerzenschein mit dem Wort AMEN
erschießen.

Schreiben

Die Stille vor dem Sturm.
Wortwolken ziehen dahin wie Schwäne
schwer mit ihren Flügeln schlagend
über dem Wasser.
Plötzlich aber
schwingen sie sich auf
und gleiten
wie Adler
über die Klippen.
Das rechte Wort gebiert sich
aus dem Seelenzauber.
Die geglückte Metapher
ist wie ein dicker
unter Mühen geangelter Fisch.
Nachts sind die Worte
wie glühender Stahl,
der in die Form gegossen werden will.
Irgendwann werden wir die Sklaven
der Worte
und ertragen geduldig
ihre goldenen Fesseln.
Manchmal liegt das Wort
im Schlaf neben uns
wie eine Geliebte.
Dann wieder
pflanzt es seine Hellebarde auf
und treibt uns mit uns selbst
in den Krieg.

Der Goldgräber muss sich in Geduld fassen.
Der Wortgräber auch.
Die blaue Blume am Hut
legt er seinen Fund
vor aller Augen
in ein Sonnenbett.

Ein entscheidender Augenblick

Es sirrt und flirrt
wie in den Hochspannungsleitungen,
die schwungvoll über fruchtbare braune Erde gleiten.
Du weißt, jetzt pulst das Gold
der Erkenntnis in deinen Adern.
Der besternte Himmel ist dein Heiligenschein.
Es ist dieser Augenblick,
für den es sich zu leben lohnt.
Mit keinem Marderpelz vergleichbar.
Du schmeckst die Hostie des Genies
auf der Zunge.
Doch wenn du sie geschluckt hast,
verwandelt sich der Zauber
in das schnöde Handwerk
des Alltags mit dem Grünen Star.

Mein Reich

Mein Reich ist die Kunst.
Dort finde ich Tröstung.
Dort finde ich den verlorenen Schlüssel
zu meinem Ich,
die Liebe meines Herzens
Dulcinea.
Dort finde ich den *Fremden,*
der mir so nahe ist.
Begegne ich *Zeno,*
dem sympathischen Schwindler,
Lügenbold.
Begegne ich *Vätern und Söhnen,*
dem *Idioten.* -
Die Suche nach sich
beginnt,
wo die Lüge
beginnt.
Die Künstlichkeit als Tröstung.
Das richtige Leben im Falschen.

Absolute Verkapselung

Die Sonette nur noch im Kopf.
Die Brücke nach außen gesprengt.
Absolute Vervollkommnung.
Ich trage eine Regenhaut
und bin immun
gegen die medienlüsternen Schlachtversuche
der Kritiker.
Ich treibe auf die Höhen
absoluter Vollendung zu
und fühle mich Ikarus gleich –
bis ich stürze.

Absolute Verkapselung

Gedanken beim Lesen meines Sonetts

Ist das wirklich mein Sonett?
Sind das wirklich meine Worte, meine Gedanken?
Die schwarzen Buchstaben
auf weißem Papier
schmecken fremd.
Ich verliere mich in meinen eigenen Worten
wie in einem Kosmos.
Diese Fremdheit führt zum Unverständnis
mir selbst gegenüber.
Ich habe doch diese Worte geschrieben.
Es ist doch ein Sonett von mir. –
Vierzehn Zeilen vertrauter Fremdheit.

Eine kleine Skulptur

Ich umkreise die kleine Skulptur
und bewundere ihren Schöpfer. –
Wer ist dieser kleine nackte Mann,
der die Arme spreizt,
das Gesicht
hoffnungsvoll gen Himmel gerichtet?
Dieser kleine bäuchleinbeschwerte Mann
mit dem winzigen Geschlecht
und der spitzen neugierigen Nase
der, wie es scheint,
in den Himmel zu fliegen
versucht?
Wer mag wohl das Vorbild
für ihn gewesen sein?
Ein Lehrer?
Ein Steuerfahnder?
Ein Unternehmer?
Der ironische Optimismus
seiner Haltung
gräbt sich mir
ins Gedächtnis:
Wage das Unmögliche
und vermeide den Absturz!

Der Interpret (Schauspieler)

Er schlüpft in die Haut eines Anderen
und muss doch er selbst bleiben.
Nur wenn er er selbst bleibt,
wird er zu einem guten Interpreten.
Aber wer ist er selbst? Wer ist er?

Im Wort des Anderen Ich werden.
Im Wort des Anderen leben.
Sich im Wort des Anderen entdecken.

Er verlässt das Wortkleid des Anderen
und ist wieder Ich.
Manchmal verliert er sich im Anderen
und sucht sein eigentliches Ich,
das wie in einer Sandspur verweht ist.

Die Maske des Schauspielers

VI

Porträts

Strindberg

Die Seele zerkratzt wie die Eisfläche
von Schlittschuhkufen.
Die Einsamkeit ist die Fackel der Sehnsucht.
Die Worte sind hungrige Hyänen.
Das Plädoyer für sich
ist der blanke Goldtaler
für das ruhige Gewissen.
Akzeptiert ist der Selbsthass.
Schuld zersetzt sich durch das Gift des Eigensinns.
Irgendwo im Innern schlummert eine Ratte
die die Seele frisst.
Der Wahnsinn
schliert im malträtierten Gehirn,
um wie ein Kuckuck seine Eier abzulegen.
Hörst du ihn rufen?
Es ist Siri, die dich mit den Stricken
der Leidenschaft
zu fesseln versucht.
Nun ist es Abend
und die Drottninggatan
in die Seide künstlichen Lichts gehüllt.
Geh nur durch die Straße
mit dem schwarzen Rock der Verzweiflung,
deiner Inspiration.
Du liebst die kleinen spitzen Messer,
um dir dein Werk
aus dem Herzen zu schneiden.

Nun liegt es im Museum Ignoranz
und schreit nach Beachtung.
Das *Plädoyer eines Irren*
wandert durch die eisigen Flure
der Herzlosigkeit.

Strindberg Traumbild

Baudelaire

Ich jongliere mit deinen Gedichten
und Prosastücken
in meinem Gehirn
wie ein arthritischer Gaukler,
der seine Schmerzen zu lindern versucht.

Der Ruch des Verbotenen
schlängelt sich
wie eine Inlandtaipan
durch deine Gedichte und Texte.

Die Welt ist der Schmutz unter dem Fingernagel.

Du bist ein Tänzer auf Wortseilen,
ein Akrobat des Eigennutzes.

Die Rettung deines Daseins
gebiert sich durch Herausforderung.

Dein Bewusstsein wird auf der Streckbank
der Emotionen erweitert.

Du hast Engel zu Prostituierten geschminkt.
Dein Himmel gleicht Sodom und Gomorra.

Lustvoll
stürzt du dich
in den sumpfigen Abgrund
deiner Seele
und nuckelst
in opiaten Stunden
mit bärtigem Mund
an der Brust deiner Mutter.

An jeder Alltagsecke
lauert eine Seelenhyäne.
Schwarz dämmert dir jeder Morgen herauf.

Du ziehst dir weiße Handschuhe an,
wenn du uns die goldenen Worte deiner Identität
auf dem Tablett deiner Eigenwilligkeit servierst.

Baudelaire,
du hast mich gesprengt wie eine Nuss,
die eine Krähe
aus exakt berechneter Höhe
auf den Asphalt krachen lässt.

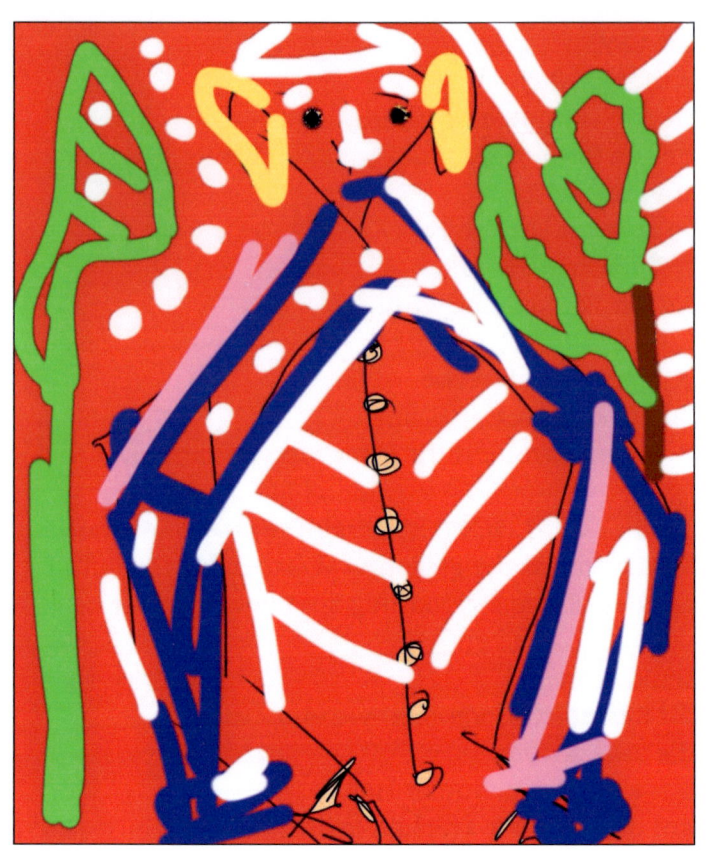

Hommage an Munch

Munch

Immer wieder das kranke Kind gemalt.
Das sterbende Kind, die Schwester Sophie.
Immer wieder nach der Farbe des Todes gesucht,
die sich in der Palette versteckt hielt
wie die Schwindsucht
im Körper der Schwester.
Eine Obsession
im suchtkranken Hirn;
von Kritikern geschmäht,
als ob du Hundekot wärst.
Die Angst schreit durch jede Pore,
bis sich der Lebensfries vollendet.
Die Frau, dieses Monster,
zertrümmert deinen Traum von Größe und Gloria,
reduziert den Mann aufs Geschlecht.
Du aber hängst am Angelhaken der Farbe.
Lungerst traurig am Fjord,
verbrüderst dich mit dem Trostspender Alkohol.
Röchelst wie ein weidwundes Tier
vor deinem Ich-Altar.
Der Tanz wird zum Ausdruck der Verzweiflung.
Der Frucht der Fröhlichkeit
ist Zitrone beigemischt.
Rot und Gelb - Liebe und Eifersucht -
tanzen in den Pantoffeln des Todes
und gebären den Schrei.
Die Sehnsucht nach Nähe ist
vergleichbar einem frischen Laib Brot,

der den Hunger Bedürftiger stillt.
Dein Schrei
hallt ewig
durch die Kammern der Kunst.

VII

Kein Baum, kein Strauch, kahle Wand

Verrat

Eines Nachts
kamen sie.
Verhafteten mich.
Folterten mich,
bis ich nicht mehr wusste,
wer ich war.
Wollten wissen,
wie ich
zu ihrem menschheitsbeglückenden
System stehe.
Ich verriet mich nicht.
Oder doch?
Der Schmerz hat seine eigenen Gesetze.
Für ihn ist Barmherzigkeit ein Fremdwort.
Wie auch für den Folterer.
Er ist der Gott des Schmerzes.
Das Geständnis rechtfertigt jedes Mittel.
Allmählich schleicht sich Misstrauen
gegen mich ein.
Das Lächeln des Folterers
ist ein Alarmzeichen.
Ich rücke von mir ab.
Werde mir selbst gegenüber
ein anderer.
Möchte mein schwaches Ich
töten.
Es lacht mich aus. -
Das Schlimmste an der Folter
ist der Verrat
an dir selbst.

Roter Oktober

Rot von Blut.
Kosakenblut.
Bolschewikenblut.
Unschuldsblut.
Die Seelentröster sind nun
Schaufensterpuppen
oder werden
von einem wütenden Mob
von ihren Sockeln gerissen.
Vor kurzem hat der Rote Oktober
bei der zuständigen Behörde
seinen alten Namen beantragt.
Er will das Blut
von seinen Händen waschen.
Will endlich wieder sein,
wer er ist:
Oktober –
nur sich und seinen Stürmen verpflichtet,
dem grauen Himmel und dem Schneegestöber.

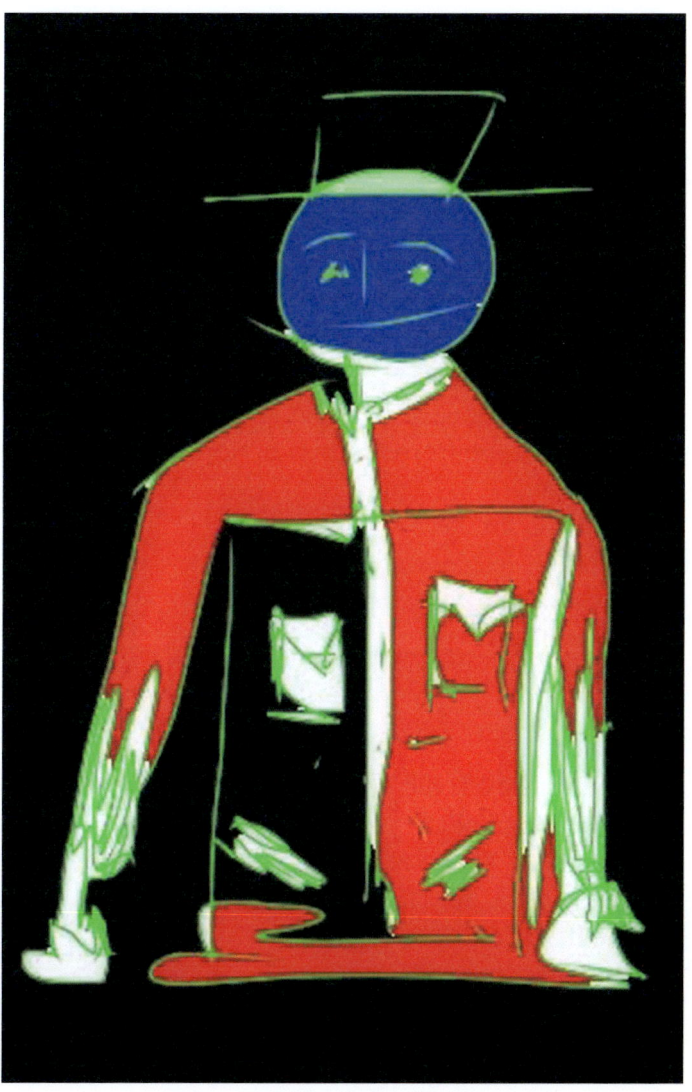

Der geheimnisvolle Ideologe

Kein Baum. Kein Strauch. Kahle Wand

Kein Baum. Kein Strauch. Kahle Wand.
Ein Wärter sagt:
„Es ist Herbst."
Ein Schlüsselbund rasselt.
Ich sitze auf dem Schemel
vor dem vergitterten Fenster.
Starre in den grauen Himmel.
Irgendwo in mir
schlummern die Herbstfarben meiner Seele.
Ich stehe auf.
Gehe fünf Schritte.
Drehung.
Gehe wieder auf das Fenster zu.
Wie jeden Tag.
Kilometerlang. -
Herbst.
Es ist Herbst.
Draußen höre ich die Sprechchöre.
„Wir sind das Volk."
Der Herbst ist zum Prager Frühling geworden.
Vielleicht reißt der Himmel morgen auf.
Vielleicht wird dies *ein Herbsttag*
wie ich keinen sah.
Die Wärter laufen aufgeregt über den Flur.
Der Herbst ist eine schöne Jahreszeit.

Flucht

Zweiter Oktober, zwei Uhr nachts.
Die Mauer gegenüber
nass und grau.
Fünf Schritte in die Freiheit.
Links und rechts Kolonnenwege.
Da lauert der Tod.
Die Identität im Rucksack geschultert.
Fünf Schritte in die Freiheit.
Die nassen farbigen Blätter der Bäume
im Licht der Scheinwerfer
auf dem Asphalt.
Goodbye, Freunde,
ihr werdet mir fehlen.
Goodbye, Judas,
die Silberlinge
sind zu schmierigem Papiergeld
verkommen.
Goodbye, Lenin,
Hirte meiner Jugend.
Deine Theorien eitern.
Nun lockt die verführerische Schlange
Kapital,
Gift im nadelspitzen Zahn.
Fünf Schritte in die Freiheit.
Fünf Schritte in den Tod.
Links und rechts Kolonnenwege.
Der Tod ist ein Milchbart mit MP.
Fünf Schritte in die Freiheit.
Fünf Schritte in die kalten Arme des Todes.

Die Leiter steht bereit.
Traumverloren singt die *Todesfuge*
in den kahlen Bäumen.
Warten auf den rechten Augenblick.
Warten auf Freiheit oder Tod.

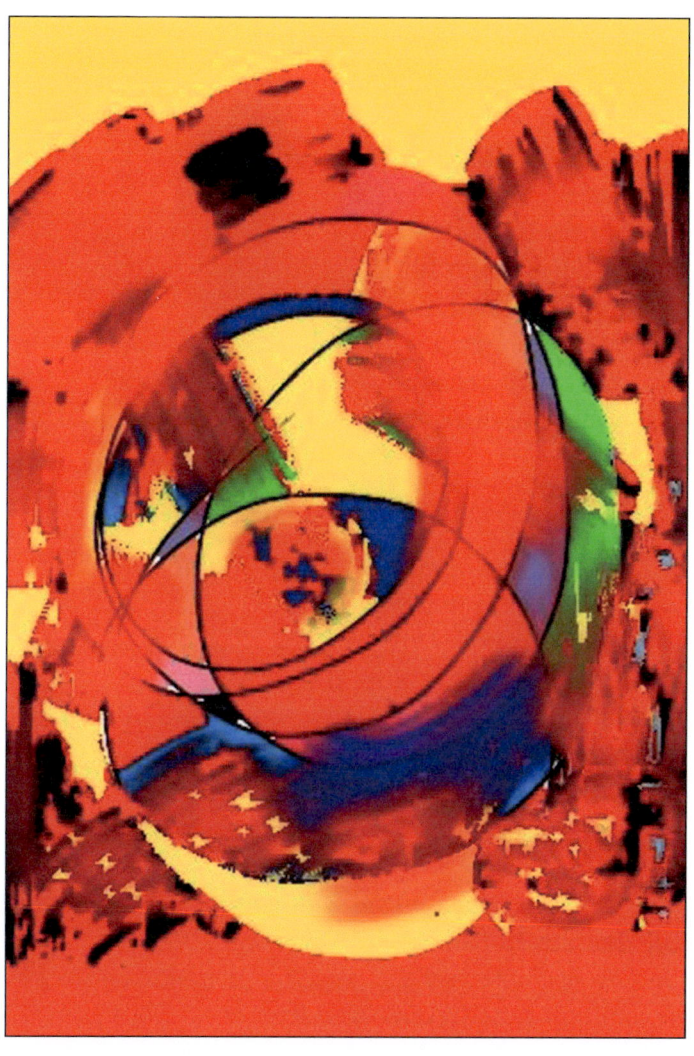

Flucht

Letzter Blick

Die ist ein Herbsttag, wie ich keinen sah...
Ratatatat.
Ein buntes Herbstblatt
kreuzt den letzten Blick,
verfängt sich stumm im Stacheldraht.
Dies ist ein Herbsttag...
Blut hat einen salzigen Geschmack.
Auch Pulverdampf riecht salzig.
Dies ist
ein Bluttag.
Herbstopfer,
auf matschigem Boden,
vor Spanischem Reiter.
Der Tod trägt eine Uniform.
Die jungen Wangen glühen rot.
Um uns selber müssen wir uns selber kümmern
und heraus gegen uns, wer sich traut.
In ferner Zukunft jedem ein Sanssouci.
Dafür lohnt das Töten der Ungläubigen.
Der tapfere Jäger
erhält Auszeichnung und Blutgeld.
Das Tor der Hoffnung ist offen.
Du hast ja ein Ziel vor den Augen,
damit du in der Welt dich nicht irrst.
Ein letzter Schrei
hallt über die Spanischen Reiter
und lässt das bunte Herbstblatt
am Stacheldraht

erzittern.
Ich schnäuze ins Taschentuch.
Mehrere Jäger werfen eine
dunkelgrüne Plane
über den Toten,
der nun kein Ziel mehr
vor den Augen hat.
Der Tod ist ein Meister aus Deutschland...
In diesem Herbst
habe ich meine Träume
begraben.

Der Lyriker als waghalsiger Jongleur

Kopflos

Geköpft
von den Ansprüchen
meines Ichs,
gehe ich kopflos
des Weges.

Morgenproblem

Wie jeden Morgen
der Blick
in den Spiegel. -
Welche Maske
tragen wir heute?

Sprungversuch

Ich versuche
über mein Ich hinwegzuspringen.
So weit wie möglich
von mir weg.
Bleibe jedoch
auf dem Folterbett
des Ichs gefesselt.

Bilder:
DER LYRIKER ALS SEILTÄNZER
HECHT AUF FANG
MEIN ANDERES ICH
SEELENGESICHT MIT BLAUEM OHR
SURFENDER PELIKAN
ALPTRAUM EINES KINDES
KATHOLISCHER BAZILLUS
SEELENGESICHT MUTTER ...
SEELENGESICHT GETRANT ALS ES
ABSOLUTE VERKAPSELUNG
DIE MASKE DES SCHAUSPIELERS
STRINDBERG TRAUMBILD
HOMMAGE AN MUNCH
DER GEHEIMNISVOLLE IDEOLOGE
FLUCHT
DER LYRIKER ALS WAGHALSIGER JONGLEUR